Quand les familles sans toit sont entrées dans les maisons fermées

Roman

Du même auteur*

Certaines œuvres sont connues sous différents titres.

Romans

La Faute à Souchon : (Le roman du show-biz et de la sagesse)
Quand les familles sans toit sont entrées dans les maisons fermées
Liberté j'ignorais tant de Toi (Libertés d'avant l'an 2000)
Viré, viré, viré, même viré du Rmi !
Ils ne sont pas intervenus (Peut-être un roman autobiographique)

Théâtre

Neuf femmes et la star
Les secrets de maître Pierre, notaire de campagne
Ça magouille aux assurances
Chanteur, écrivain : même cirque
Deux sœurs et un contrôle fiscal
Amour, sud et chansons
Pourquoi est-il venu :
Aventures d'écrivains régionaux
Avant les élections présidentielles
Scènes de campagne, scènes du Quercy
Blaise Pascal serait webmaster
Trois femmes et un Amour
J'avais 25 ans
« Révélations » sur « les apparitions d'Astaffort » Jacques Brel / Francis Cabrel

Théâtre pour troupes d'enfants

La fille aux 200 doudous
Les filles en profitent
Révélations sur la disparition du père Noël
Le lion l'autruche et le renard,
Mertilou prépare l'été
Nous n'irons plus au restaurant

* extrait du catalogue, voir page 269

Stéphane Ternoise

*Quand les familles sans toit
sont entrées
dans les maisons fermées*

11 septembre 2013

Jean-Luc PETIT Editeur / livrepapier.com

Site officiel : http://www.ecrivain.pro

1

Quatre ans déjà : Séverine et Stéphane, je les ai vus pour la première fois un matin de juin : je déjeunais sous un cerisier, le Napoléon ; ils montaient vers Pech-romane, s'étaient arrêtés à hauteur du figuier, m'avaient crié en cœur et tout sourire « bon appétit » ; quelques banalités plus tard, je les invitais à participer à ma cueillette matinale ; il passe si peu de monde par ici, début juin... enfin... si Séverine ne m'avait pas instantanément captivé, aimanté, subjugué, bouleversé, ils auraient pu continuer leur ballade...

Ils se présentaient naturellement (trop naturellement :), m'apprenaient venir de Toulouse, s'être arrêtés la veille par hasard, avoir traversé la colline, découvert une cazelle, s'y installant pour la nuit en camping sauvage, être tenté d'y rester quelques jours.

Elle connaissait le terme cazelle ! Et même son quasi-synonyme gariotte ! Le plus souvent les vacanciers demandent « ça s'appelle comment, les petits abris en pierres, ronds, à l'abandon, avec une petite ouverture sur le devant :... »

Cinq minutes et quelque chose me semble bizarre dans ce « couple » : la flamme dans les yeux de cette princesse quand il la regarde, immédiatement éteinte dès qu'il cesse de l'observer ; pourquoi joue-t-elle des sentiments non éprouvés :

Le soir, je me raisonnai : « non, tu cherches la petite bête, tu t'accroches à la moindre petite faille, tu ferais mieux de vivre simplement la réalité, telle que tu l'as voulue, acceptée, au lieu de rêver : elle est apparue, elle t'a envoûté mais elle a continué son chemin, elle en aime un autre, elle va disparaître dans le brouillard de tes mirages d'amour et tu vas revivre comme avant. »

Je me parlais déjà souvent et des observateurs m'auraient sûrement décrit « dérangé » ou « victime de sa solitude. » Pourtant je considérais déjà cette manière de vivre plus digne... que bien d'autres.

2

Depuis des années, marcher restait mon unique activité sportive. Même le vélo, je l'avais abandonné, trop de montées. Je n'ai jamais autant fréquenté les sentiers de la colline que cet été-là. Ils s'y trouvaient le plus souvent, près de la cazelle. Elle lisait, il la photographiait. Ils passaient aussi régulièrement. Nos relations pouvaient être qualifiées de cordiales, du bon voisinage, une forme « d'amitié naissante. » Ils ne posaient aucune question indiscrète et je respectais aussi cette frontière. Ils savaient pouvoir se servir aux arbres...

Je n'ai jamais réussi à la voir seule. Et trois mois plus tard, ils emménageaient « chez l'anglais de Pech-romane », Stevenson. Les commentaires au village furent plutôt favorables : au moins une maison qui ne sera plus fermée onze mois par an. Certes, l'absence d'emploi connu des locataires éveillait la curiosité et de nombreuses hypothèses circulaient, les plus pessimistes redoutaient une nouvelle vague de cambriolages. Comme à mon arrivée !

Ici, c'est le Quercy blanc, un des nouveaux pays de résidences secondaires ; après une razzia sur la Dordogne, les friqués ont découvert nos pierres et les prix ont flambé. Depuis, même une grange, un smicard, aucune banque ne lui prêtera suffisamment pour qu'il puisse l'acheter. Je suis arrivé avant, juste avant, quand les maisons se vendaient une bouchée de pain. Ils sont nombreux à regretter de ne pas l'avoir acquise, cette propriété. En ce temps-là, ils la considéraient trop délabrée. Le notaire surtout ne se le pardonne toujours pas ! *J'ai manqué de flair* ! En moins de cinq ans, il aurait multiplié le prix par dix.

L'artisan du village m'a même proposé de rafistoler gratuitement le toit d'une dépendance... « Gratuitement »... c'est-à-dire contre une autre dépendance... Pardi, avec quelques travaux, il pourrait en obtenir un sacré magot !

Mais rien n'est à vendre. Un jour, peut-être, je « rénoverai » ; de toute manière, payer ce genre d'arnaqueur, jamais : embaucher directement quelques ouvriers compétents serait préférable mais ils sont sûrement difficiles à dénicher dans un pays où l'état favorise le salariat au détriment du travail indépendant ; peut-être dans une autre phase de ma vie, je chercherai ; je suis venu ici pour vivre une décennie de « formation », de lectures, une forme d'adolescence studieuse... et solitaire.

Les gens d'ici se demandent encore pourquoi je me suis ainsi isolé. Ça ne se fait pas ! Ce n'est pas normal... ça doit cacher quelque chose...

Séverine et Stéphane sont les premières personnes avec qui j'ai dépassé les banalités de simple politesse. Un vieux couple de presque voisins m'avait bien invité à prendre l'apéritif cinq semaines après mon arrivée mais c'était l'occasion, pour lui, de balancer en me fixant droit dans les yeux « j'ai un fusil chargé dans chaque pièce, le premier qui s'approche sans être attendu, il peut faire ses prières. » La surprise dissipée, une « bonne » répartie m'était venue : « je vous conseille de faire votre prière chaque soir avant de vous endormir... Imaginez qu'une souris égarée appuie sur la gâchette... » Depuis, il s'est calmé, au cimetière.

En règle générale, échanger trois banalités, c'est récolter la question :

- *Et vous faites quoi dans la vie :*

La première fois mon explication s'est limitée à un simple sourire et la répartie pensée idéale m'est venue le soir :

- *J'essaye de vivre, vivre dignement. Et c'est nettement plus compliqué que le pensent les personnes dont la vie s'égrène sans réfléchir à cette possibilité de ne pas gâcher le peu de jours autorisés sur Terre.*

Mais simplement sourire fut ma réponse aussi les fois suivantes, réponse préférable : ils ont depuis le premier jour leur idée sur moi et on ne renverse pas un tel préjugé avec une réplique trop compliquée pour leur cerveau.

3

Aucune question, mais dans le silence les idées galopent et l'esprit cherche le pourquoi. Quelle est leur motivation : Ils ne sont pas des pauvres classiques qui auraient eu la lucidité de fuir la ville ; cultivés, ils s'expriment posément. Je m'inventais des scénarios. Aucun ne résistait à la réflexion.

4

Onze mois plus tard, Séverine Laere, 22 ans, et Stéphane Senez, 31, retournaient sur la colline pour rapidement regagner leur logis.

Depuis qu'ils avaient acheté, c'était une tradition, miss et mister Stevenson séjournaient en août dans le Quercy, après juillet dans le Jura, puis, le coffre regorgeant de foie gras et vin de Cahors, retraversaient la Manche où les gens bien informés les prétendaient à la tête de nombreuses affaires, usines et immobilier.

Je pensais encore souvent à cette princesse. Mais n'essayais plus de la voir, ne me promenais plus au Pechromane ni vers la colline. J'attendais un miracle. Attente si fréquente dans ma vie !

A part la liste des livres lus, scrupuleusement notés, sur des feuilles vertes 21 x 29.7, piquées à Groupama l'année de mes 25 ans, l'année de mon licenciement, rangées dans un classeur bleu de même origine, aucun souvenir précis de ces mois-là ne me revient.

5

L'année suivante, c'était inattendu, surprenant, et même incompréhensible : les Stevenson sont arrivés en juillet. Et ainsi tout s'est su : ils n'avaient jamais loué leur propriété.

6

Séverine et Stéphane, parfaitement anglophones, s'étaient facilement liés d'*amitié* avec des propriétaires allergiques au vieux dialecte pratiqué dans notre pays (*If you don't speak english, goodbye* ; je comprenais suffisamment l'anglais pour traduire leur « *si vous ne parlez pas anglais, au revoir* », mais avais préféré mimer l'incompréhension lors de notre unique *dialogue* ; il en était ainsi avec tout le monde : ces sujets de la reine considéraient nécessaire, surtout pour les affaires, une langue mondiale unique*)*. Et sans effraction « les jeunes » étaient devenus *locataires* : un midi, alors que les couples discutaient au bord de la piscine, Séverine avait prétexté un besoin urgent pour se faire montrer la salle de bains, où elle n'était pas restée, le talkie-walkie de son compagnon l'informant du retour de madame sur sa confortable chaise longue : les clés se trouvaient, comme ils l'avaient plusieurs fois remarqué, sur la porte et quelques secondes lui suffirent pour relever les empreintes dans de la simple pâte à modeler.

Et les Stevenson ne s'étaient aperçus de rien l'année précédente :!

Leur facture d'électricité avait certes augmenté. Mais qui se soucie de pareille bagatelle !

Ils avaient d'ailleurs trouvé, à leur arrivée, la lumière de la cave allumée… ce qui les fit, durant des mois, s'extasier lors de nombreux lunchs sur la qualité des ampoules *made in France* : un an et elle fonctionnait toujours !…

- Tu te souviens, John, l'année dernière, je l'avais constaté : la maison ne sentait pas le renfermé.

In english, naturellement.

John ne se souvenait naturellement pas. Margaret non plus, sûrement : miss adore tellement les « saillies. »

Séverine et Stéphane prirent cet imprévu avec le sourire et invitèrent les propriétaires à partager leur repas.

Miss Stevenson fut charmée : comme il est agréable de poser ses pieds sous une table fleurie, dans une maison aérée.

Mister Stevenson en parla à ses relations. Il avait naturellement de nombreux *amis* dans le Quercy, des anglais, hollandais et américains. Fortunés forcément. Et c'était d'ailleurs la raison de leur présence près de Montcuq en juillet : le Jura manquait affreusement de condisciples à la hauteur ; ils n'y poseraient qu'une semaine fin août (« *juste pour s'oxygéner avant de retrouver notre légendaire brouillard* »). Un repas en présence de la reine du Danemark était même prévu. Quel bonheur ! Une vraie reine, et si distinguée, si humaine…

Quelques-uns de ces gens de la haute, comme on les appelle ici, daignent converser en français (ils effectuent des « parties de chasse » avec des petits notables et utilisent souvent des voisins pour l'entretien de leur parc). Ainsi les premières informations nous sont parvenues.

Et ce fut la panique : le notaire s'exclama au conseil municipal (selon le compte rendu officiel) « *il faut défendre le droit de propriété* » ; Séverine et Stéphane, retournés sur la colline, furent arrêtés par la gendarmerie pour camping sauvage, mise en danger de l'écosystème…

Mais naturellement, au grand dam des bonnes paroissiennes, ils ne furent pas emprisonnés : ils revinrent même camper… sur une terre des Stevenson !

« Ils sont fous ces anglais » : ici, nombreux présageaient la suite. « Nous sommes foutus, nous allons être envahis. » Aux élections, à nous le pompon « vote Front National » de la région Midi-Pyrénées. Certains prirent même leur carte, exhibée comme une protection contre « les envahisseurs. »

9

Stéphane partait régulièrement (une seule route, venant au Bourg, pour atteindre la départementale) mais le couple protégeait son intimité et la maison des Stevenson accueillit certes quelques relations de passage mais jamais plus de quelques jours.

«Faites comme nous » était leur réplique aux « *rémoras.* » Le rémora étant un poisson connu pour se coller à ses congénères plus gros et aux navires, s'incruster quoi. Séverine m'avait expliqué. Ses connaissances aussi me subjuguaient.

Ainsi, en quelques mois, quinze propriétés du canton furent ouvertes. Naturellement, faute de temps d'approche, avec moins de délicatesse. Et tous n'avaient pas pour l'habitat le même respect que « nos » squatters.

10

A cinquante mètres de chez moi, la maison des hollandais fut ainsi revitalisée. Deux frères avec deux sœurs. Je n'ai pas vraiment connu ces « locataires » : le vent m'amenait régulièrement une forte odeur de joint.

J'ai beau savoir cette pratique quasi généralisée, elle reste un critère fondamental : côtoyer de tels individus me serait insupportable ; qui se bousille le cerveau s'exclut de l'humanité, mon humanité.

Naturellement, je n'expose jamais ainsi cette conception, préférant passer pour un misanthrope, un type bizarre, solitaire, renfermé, dérangé et même un peu fou selon certains.

A 20 ans, forcément, j'en fréquentais, des « fumeurs. » Ils se croyaient tellement, terriblement, drôles, intellectuels, cool, prétendaient vouloir changer le monde. Mais ne rataient jamais une occasion d'essayer de t'en vendre, de leur merde… J'avais plus de tolérance envers les poivrots, toujours prêts à te payer un verre, toujours prêts à se confier sans masque. Ça n'a pas duré ! Je les range désormais dans le même sac et m'en tiens éloigné. Le cerveau est notre plus grand bien, l'endommager relève du crime contre notre avenir.

Les « fumeurs » de « simples cigarettes » se prétendaient encore au-dessus de tout soupçon (c'était avant la loi Evin). Je bougeais plus que dansais dans des boîtes enfumées, je travaillais dans un bureau en face du chef de projets, cigarette au bec. Tous me cataloguaient, déjà, « un peu bizarre » : ouvrir la fenêtre et s'enfoncer un bonnet sur la tête était certes nouveau chez eux mais je n'avais aucun autre moyen de pression ; j'en voulais encore plus « aux autres » de « comprendre », soutenir, leur chef, de craindre davantage un coup de froid que les conséquences du tabagisme passif (comme il tenait à mes compétences informatiques, le chef avait fini par s'attribuer un bureau de chef et tout aurait dû être pour le mieux dans le meilleur des mondes).

11

Dans d'autres régions, Séverine et Stéphane auraient immédiatement fait *la une*. Porte-parole d'un mouvement social. Mais ici, le seul quotidien s'appelle *la dépêche du midi*. Journal « historique » de la famille Baylet, dont la pointe se prénomme Jean-Michel, aussi président du Conseil Général du Tarn-et-Garonne et président du PRG, Parti Radical de Gauche dont le président pour le Lot occupe la mairie de Montcuq, soutenu aux cantonales par les maires de treize des villages du canton, seuls Fargues et Montlauzun empêchant « une belle unanimité. » Nul ne sait si les journalistes avaient reçu des ordres... mais dans un tel environnement, l'intervention, la convocation d'un rédacteur, ne sont plus nécessaires, l'autocensure est intégrée au mode de fonctionnement et sont exclus tous faits pensés susceptibles de déplaire. La situation devient caricaturale dans le secteur artistique où le clientélisme balaie tout critère culturel quand il s'agit de subventions ou médiatisation. C'était sûrement inévitable après la déferlante du « tout est culture »...

Il ne faut surtout pas donner de mauvaises idées aux gens : le canton ne va quand même pas devenir un résidu de squatters ! A mon arrivée dans le Quercy, après quelques visites d'expositions et contacts, j'avais noté dans un agenda : « Là où le communisme a échoué, les baronnies pensent réussir. Mais comme dans les régimes communistes, quelques créateurs réussiront à s'exprimer malgré pressions et censures. Ces petits barons doivent quand même regretter de ne pouvoir envoyer dans un ghetto les récalcitrants. C'est peut-être ma voie : être celui qui saura passer entre les mailles du gigantesque filet kitch. »

Quelques clashs lors d'arrivées de propriétaires. J'ai depuis découvert le point commun aux interventions de la gendarmerie : là où l'artisan (un belge, au village depuis 1980, d'abord marié à une vieille rombière dont il hérita rapidement de « quelques biens » avant d'épouser une jeune fille « de bonne famille » et s'afficher artisan) réalise les travaux. Tout le monde le sait, et il ne se prive pas de s'en vanter, travaux payés en liquide, redoutant néanmoins d'être placé sur table d'écoute par le fisc mais ajoutant « tout s'achète » et paradant avec un lac, des autruches, des chevaux, le 4 x 4, la Mercedes…

Il y eut même un coup de fusil. Tiré en l'air, certes, mais ici, ce fut un événement. Et la réalité s'est finalement ébruitée. Via internet d'abord. Puis un correspondant de *Marianne* est descendu. Six pages.

Durant quelques mois les journalistes rivalisèrent en jeux de mots plus ou moins faciles et de bon goût sur Montcuq. En août, j'acceptai même de commenter ce « phénomène de société. » C'était ma première « interview » et, au lieu de la réaliser immédiatement, le journaliste, après m'avoir croisé au lavoir, m'avait donné rendez-vous au même endroit à quatorze heures. Entre-temps, quelques bières avaient noyé mon escalope de dinde et mes petits pois carottes. Résultat : en souvenir de quelques lectures mal digérées, j'étais parti dans une analyse historique, avais balancé « il serait bon parfois de s'intéresser à l'origine de certains héritages, la fortune s'est parfois réalisée au marché noir ou la Collaboration puis il y eut des trafics. La France regorge d'anciens délinquants notabilisés. Robert Hersant n'est pas un cas unique. »

Me suis-je vraiment exprimé ainsi : C'est ce qui fut imprimé. Et si c'est écrit, tout le monde, ici, vous dira que *le marginal* est du côté *des sauvages* ! La Ligue Communiste Révolutionnaire dut y croire aussi puisque je continue à recevoir une invitation à chacun de ses congrès !

13

Ce fut la première manifestation digne de ce nom dans les rues de Montcuq. Olivier Besancenot et José Bové en furent les vedettes. Mais à 17 heures, un meeting les attendait à Millau… quelques pas sur l'esplanade Nino Ferrer, en tête du cortège filmé, une conférence de presse, peu d'autographes… et vite vite…

Jean-Pierre Pernaut en fit un événement national et la France s'étonna de banderoles comme « Les maisons sans famille aux familles sans maison », « certains ont six maisons, d'autres vivent sous les ponts », « une porte ouverte, c'est un peu de justice gagnée » et celle considérée « énigmatique » par le présentateur « ne laissons plus seules les araignées onze mois par an. »

Le maire de Montcuq dut naturellement s'exprimer devant La Tour ; il comprenait le désarroi des familles à la rue et comprenait l'inquiétude des propriétaires ; la situation exigeait une ambitieuse politique de construction, malheureusement le gouvernement restait sourd, ne donnait pas les moyens aux petites villes de développer un parc immobilier social…

Si on écoute bien cette interview, on entend, derrière, l'exclamation « *on veut pas des cabanes à lapins, on veut les belles pierres.* » Et quelques secondes plus tard « *des sous y'en a, suffit de supprimer les emplois fictifs en politique, comme les conseillers généraux.* »

Je suis resté chez moi, ce jour-là. Mais ce fut le sujet de conversation si longtemps que j'ai l'impression de tout avoir vu. Surtout la présence de nombreux chiens, la « demande », exigence, de « quelques euros » par leur maître, les commerces rapidement barricadés... « *une véritable faune agressive déferlait sur la bourgade.* » Comme l'écrira *le Figaro*, dans un facile exercice de caricature. De l'autre côté de l'échiquier politique, l'*Humanité* dégotait une famille exemplaire : ouvriers licenciés depuis trois ans, à la rue depuis mars, avec deux enfants. Mais ils n'osaient pas entrer dans les maisons de ces golden boys, avaient peur qu'on leur prenne leurs enfants. « On garde espoir, on sait qu'il y a pire que nous. Dans la rue, certains n'ont pas de papiers, d'autres sont malades. Alors on tend la main et on dépense le moins possible, on vit dehors en été pour avoir les moyens de se payer l'hôtel cet hiver. »
De leur correspondante à Toulouse. Page tellement significative : en dessous de l'article s'étale un appel aux dons « pour que vive le pluralisme. » La cause des « nouveaux robins des bois » m'apparaissait perdue d'avance avec ce seul soutien médiatique, m'apparaissait perdue d'avance, entre les griffes d'autoproclamés « anarchistes libertaires. »

Finalement, malgré la différence d'âge, de passé et de vie, je partageais de plus en plus l'opinion des anciens : « ça va mal finir. »

Aucune sympathie pour les riches propriétaires, aucune pour les squatters. Cette semaine-là j'ai vraiment pris conscience de mon inévitable marginalité : ni à droite, ni à gauche, ni aux extrêmes. Sûrement au centre gauche si les centristes n'existaient pas. J'ai alors qualifié de spirituelle, philosophique, ma vie. J'avais déjà lu Arnaud Desjardin mais l'idée de rejoindre une communauté me semblait aussi déplacée que celle d'adhérer à un parti politique. Un solitaire, sûrement trop lucide même pour partager une bière avec le premier venu. Plus j'observais la situation « avec détachement », plus mon cas m'apparaissait devoir se généraliser, seule issue à tout être de réflexion assez courageux pour ne pas tricher, ne pas abdiquer ni subir faute de mieux. En même temps, je savais les « êtres de réflexions » condamnés à être liquidés lors des soubresauts politiques. Je savais, rien qu'au village, radicalement déplaire aux pires crétins qui ne manqueraient pas de tenter leur chance en servant avec le zèle sanglant suggéré, n'importe quel extrême au pouvoir. Mais bon, pour ma vie, aucune autre issue ne m'apparaissait possible : la rupture avec le salariat était définitive et même si la situation politico-sociale l'exigeait, tout travail forcé serait réalisé sans implication. Et de toute manière, il était parfaitement possible qu'elle perdure encore quelques années en France, la démocratie bancale garante de mes « libertés fondamentales. » Et je ne voyais aucun pays où résidaient plus de certitudes. Donc inutile d'apprendre une autre langue !

Ce raisonnement mettait fin à mes interrogations vaguement sociales. J'abandonnais même rapidement l'idée d'une prochaine contagion de ma démarche : les gens des villes tiennent trop à leur petit confort et ceux des campagnes ont encore plus rarement les capacités d'analyse nécessaires ; ma démarche continuera donc à être marginale, tellement marginale qu'aucune connexion ne reliera ses adeptes persuadés de défricher un mode de vie. Et c'est peut-être bien ainsi que nous serons un jour répertoriés !

Sur internet, je ne trouvais rien. Les termes « démarche spirituelle », « vivre mieux » ou « zen » renvoyaient déjà sur des sites sûrement sectaires. A vrai dire, j'étais sûrement déjà « de l'autre côté. »

15

Stéphane participa à cette manifestation, Séverine non. La semaine suivante je montai au Pech-romane, les aperçus dans le jardin… j'arborai le sourire de l'ami désireux de connaître leurs impressions (j'espérais pouvoir glisser « J'aimerais bien te voir seule » à une oreille).

- Pour que le mouvement devienne populaire, il faudrait qu'il ne s'oppose plus à la population locale avec des gestes ostensiblement agressifs, des chiens en pagaille, des canettes de bière jetées partout, des joints…

Séverine : - Que tous se comportent comme nous, tu veux dire :

- Oui, en respectant l'habitat et l'environnement (je sais, à cet instant, j'avais les plus grandes difficultés à contrôler un léger tremblement des joues, à masquer mes sentiments, à ne pas la manger des yeux)

Stéphane : - Je vais te dire, on veut faire de moi un leader, mais j'en ai rien à foutre, chacun sa merde, c'était juste pour rire la première fois quand j'ai dit « tu n'as qu'à faire comme moi » à un connard qui voulait squatter ici… tu veux me demander mon avis pour le raconter à un journaleux de merde :… vous m'emmerdez.

Il s'est levé, est allé s'asseoir sur une chaise en teck, tout en me fixant de plus en plus agressivement.

C'était évident : Séverine n'osait et n'oserait pas reprendre la conversation, aurait voulu être ailleurs… Je suis donc parti.

J'étais prêt à vivre vraiment seul, en achetant ici. Il aurait fallu être fou d'espérer y rencontrer une femme compatible, désirée et en plus agitée de sentiments similaires.

Quant à la possibilité de rencontrer une femme plus loin, à Cahors, Fumel, Montauban ou Agen, ça ne pouvait être qu'une rencontre éphémère, sexuelle ou passionnée ; je savais ne plus jamais rouler régulièrement des heures simplement pour un contact physique. Même cela ne m'intéressait plus.

J'avais la conviction d'avoir tiré un trait sur une activité dérisoire, l'ersatz d'amour, mes années d'errances après « les trois déesses. » Pensant à Marjorie, Christine et Anna comme des exceptions sur Terre, je me considérais même vraiment sans la moindre raison de me plaindre : j'avais au moins vécu cela, plusieurs vies ; même si je n'arrivais toujours pas à comprendre comment ces trois histoires avaient pu aussi rapidement foirer. Rien compris, mais quel bonheur ! Un raisonnement m'était venu et me convenait : quand on a vraiment aimé, imaginer c'est nettement suffisant.

17

A travers bois, trois cents mètres séparaient nos maisons. Par la route, deux kilomètres. Intenable. Mes raisonnements de petit intellectuel prenaient l'eau, trop difficile de constater : c'est bien « la sensation d'amour », sensation dont j'ai pris conscience après la rupture avec Anna, pour distinguer l'Amour et son ersatz.

Une fois par quinzaine environ, Stéphane partait le matin en voiture et systématiquement revenait tard le soir. Pour gagner la route départementale, il devait aussi passer devant chez moi. J'avais installé un fauteuil devant la fenêtre de ma chambre, et chaque jour restais là, à lire, relevant la tête au moindre bruit de moteur (c'était donc rare).

18

Mi-septembre, j'ai osé : je me suis précipité au figuier, remplissant le plus vite possible un sachet de congélateur et filant à travers bois.

- Je crois que tu aimes les figues.

- Tu tombes mal, Stéphane est absent.

- C'est peut-être enfin l'occasion de se connaître.

Elle a souri, s'est reculée d'un pas pour me laisser entrer, a refermé la porte. Quand elle s'est retournée, je l'ai fixée dans les yeux. Elle a de nouveau souri, sans les baisser. Je me souviens avoir pensé « elle ne triche pas. » Nous devons être restés ainsi au moins une minute ; je sentais mes mains trembler, devenir moites, ma bouche pâteuse, mes jambes flageller. J'ai avancé d'un pas... elle aussi. La fraîcheur de sa langue. La pointe des seins, la douceur de son sexe... après, le vide, la plénitude, débarrassé de toute pensée. Et notre prochain dialogue serait... après avoir fait l'amour, par terre, sur les dalles centenaires.

19

- Il faut que tu partes, vite, si Stéphane te voit ici, vite, il nous tuera... vite... vite...
- Mais tu viendras :
- C'est impossible... je n'ai pas le droit... vite, vite, dépêche-toi, pardonne-moi, entre nous ce n'est pas possible...
- Pourquoi :
- Vite... vite... sauve-toi, pardonne-moi...

J'étais dehors, abasourdi. Une angoisse montait : j'aurais refusé pareil scénario en pleine conscience ; c'était rationnellement inacceptable : une « amante » sans préservatif ; j'avais, cinq ans plus tôt, effectué un test HIV et m'étais juré de ne jamais plus prendre le moindre risque...

Je me suis effondré sur la première souche de la forêt, et j'ai chialé. Prenant conscience de la position de ma main gauche, sur une partie en décomposition, la pensée « il ne reste rien de l'arbre, il ne restera rien de moi » et je me suis juré de vivre comme un moine si une nouvelle fois la chance m'épargnait.

Trois mois hors vie. Pas la force d'aller chez le docteur pour un traitement « au cas où. » Maudite réforme du médecin traitant. Sinon, peut-être, serais-je allé à Cahors…

Je laissais *France-Inter* vingt-quatre heures sur vingt-quatre. Indispensable bruit de fond. Certains jours je ne sortais même pas. Donc les bêtes restaient dans l'étable, sans eau ni grain. La bière m'était très profitable, m'évitait de penser. Comme avant je n'en avais bu qu'épisodiquement, trois par jour suffisaient. La première remplaça le lait du petit-déjeuner.

22

Technique Elisa AXSYM
Recherche Ac HIV 1 et HIV 2 : négatif

Technique Elisa Centaur
Recherche Ac HIV 1 et HIV 2 : négatif

23

J'éteins la radio. Puis décide de prendre une douche. Dans la salle de bains, je réalise : c'est la première depuis... oui depuis. Je me vois dans la glace : je comprends pourquoi dans les rues de Montcuq et au *Shopi*, « les gens » se retournaient ! Et pourquoi le docteur semblait soucieux. La gueule du clochard.

Avant je les croyais prédestinés. Au moins, quand même, responsables de leur sort. Si j'avais été locataire, aurais-je su éviter d'être viré :

Je me souris : « tu es responsable et coupable. » Je peux encore sourire !

24

Finalement, malgré tout, je suis retourné au fauteuil. Et, au deuxième passage de la 205 noire immatriculée dans le 31, j'ai téléphoné « chez Stevenson. »

Ma promesse s'était commuée en « Séverine ou personne. »

- Bonjour Séverine... avec un peu de chance tu attendais mon appel.
- Il serait peut-être préférable que tu raccroches.
- Si on raccroche pour traverser la forêt en courant.
- Tu sais bien.
- Non... je ne comprends pas.
- T'expliquer ne servirait à rien... c'est ainsi, on n'y peut rien.
- Il y a peut-être une solution.
- Il n'y a aucune solution.
- Tu pourrais vivre ailleurs.
- C'est ici ou nulle part.
- Tu n'es quand même pas prisonnière :

Alors elle m'a raconté : la plus brillante étudiante de Kharkov, en Ukraine, croit au discours d'un notable : il lui promet de poursuivre ses études à l'université du Mirail, à Toulouse, puis d'entrer à l'aérospatiale. Le billet d'avion. Et les viols à l'arrivée, le parcage au vingt-cinquième étage d'une tour, la confiscation des papiers, la violence. La mise à la disposition de clients. Et un client, le fils d'un industriel, Stéphane, à qui elle ose se confier. Mais un deal : l'obligation de vivre avec lui.

Vivre cachée, toujours, certes sans barreaux aux fenêtres, à cent kilomètres de Toulouse. La mafia Ukrainienne acceptant difficilement les désertions. « Partir, c'est mourir. On vous retrouve toujours et on ramène votre tête à vos compagnes pour servir d'exemple. »

J'avais entendu parler de nouvelles lois, la possibilité d'obtenir une protection policière contre la dénonciation de réseaux...

« Le père de Stéphane connaît de nombreux préfets et des commissaires, tous sont formels ; la justice et la police n'ont pas les moyens d'accorder une véritable protection. Ce sont de beaux principes, mais si on dénonce, peut-être deux ou trois membres de la bande feront trois ans de prison, mais ils seront immédiatement remplacés par des cousins... »

J'essayais de la convaincre, elle me racontait. Elle éclairait son « passé » à ma soif de « présent. »

25

Elle sonnait et je la rappelais. Plus besoin de surveiller les passages de la 205. Mais elle refusait que l'on se voie. Je croyais avoir le temps : j'étais persuadé qu'avec le temps notre amour triompherait. Je me référais aux pièces du théâtre classique où l'interdiction scelle définitivement l'amour.

Elle aussi, souhaitait une vie tranquille.

[En fermant les yeux, j'entends encore, comme si tu étais dans la salle de bains et me répétais « *'la tranquillité est une belle chose'*, ainsi pensait déjà Périandre, mort en 587 avant la version officielle de votre Jésus Christ »]

26

Fin décembre, une vague de froid et le calme plat dans l'actualité internationale, même en Palestine : les médias s'intéressaient de nouveau à notre canton.

Même *La Dépêche Du Midi* participa à ce grand bal. Avec une photo de Séverine et Stéphane, photo, c'était évident, prise sans consentement. Sûrement par un voisin…

Légende : « C'est ici que tout a commencé. »

27

Un enfant s'est élevé sur la pointe des pieds, a regardé au carreau de la cuisine. Il avait été attiré par l'odeur. Pestilentielle.

Ainsi les corps furent découverts, massacrés, mutilés. Les têtes manquaient.

28

Ils ont donc sûrement exhibé la tête de Séverine aux autres filles. Un exemple. Comme elle en avait vu une, deux mois après son atterrissage en France.

Le maire, je le croise rarement. Ce ne fut donc pas un hasard.

- Au-delà du caractère horrible de cette histoire, il reste le problème du corps de la fille, personne ne l'a réclamé, je crois qu'il vaut mieux qu'il soit incinéré. Mais je vais réunir le Conseil Municipal en urgence.

Je me suis entendu répondre :

- Incinérer, détruire, c'est fermer la porte à toute découverte scientifique qui permettrait de... de faire avancer l'enquête. Le mieux serait qu'elle soit enterrée ici. Je paierai la sépulture et le reste.

Après « qui permettrait de... », j'avais réussi à masquer ma pensée, avec une idée plus recevable par un conseil municipal. Oui, je pensais « qui permettrait de la réincarner, de la cloner. »

Les gendarmes sont venus. Mon initiative me rendait « témoin », je comprenais « suspect. »

J'ai commencé par expliquer mon geste par l'amour. Mais la jalousie devenait « un mobile possible du double meurtre. » Je lisais dans leurs yeux « la mise en examen »... je leur ai alors presque tout déballé.

Je n'ai jamais eu la moindre information. « Trop d'enjeux : »

31

Parfois j'enregistrais sa voix. Il me reste ce « document » :

« Notre seul espoir, c'est qu'il [Stéphane] se lasse, je fais tout pour. Mais maintenant, je suis devenue rentable. Il n'aurait même plus besoin de retourner à Toulouse pour trafiquer sa drogue. (silence) Cet été il m'a obligée à me prostituer pour Stevenson et sa bande de vieux dégénérés. Ils m'ont donné assez pour vivre jusqu'à la prochaine fois. J'ai même dû donner du plaisir à cette vieille harpie de Miss Magie. (silence) Stevenson m'a proposé de m'emmener en Angleterre, j'y serais la reine de leurs soirées qu'il m'a promis. (silence) Parfois je me dis que ce serait la meilleure des solutions... Partir, jouer leur jeu quelques semaines et revenir chez toi... mais je crois que non, je crois qu'ils ne me laisseront jamais m'échapper... Comme je parle l'arabe, j'ai compris lors d'une soirée, que ce serait bien de me vendre à un prince... me faire venir en Angleterre, en profiter quelques jours et me vendre comme du bétail... Tu te rends comptes ! Et nous sommes au vingt-et-unième siècle ! »

32

La brigade criminelle a naturellement écouté ces
confidences.

33

Le seul mort digne d'intérêt, pour les médias, fut « le fils de l'industriel. »

« Cette fille venue d'Ukraine, en situation irrégulière, lui avait tourné la tête. »

J'apprenais ainsi que ce qu'elle croyait être une autorisation de séjour de dix ans, était « du travail précis », des « faux papiers. » Stéphane le savait-il :

34

Rumeur : un mouvement de défense de la propriété les a massacrés, « pour l'exemple. »

35

Le jeudi suivant, les hebdomadaires s'intéressaient aux prix de l'immobilier. C'était désormais indéniable, la France se ghettoïsait : les prix continuaient leur folle, exponentielle chevauchée dans les zones sécurisées et la chute s'amplifiait dans les quartiers où régulièrement des voitures flambaient, où toute sortie à pied nécessitait une protection, au point que certains périmètres étaient assimilés, dans un langage boursier, à des « fonds pourris », réservés aux achats spéculatifs.

L'un de ces spéculateurs, détenant 2 % de son portefeuille immobilier (l'immobilier représentait 30% de ses actifs) dans ce « compartiment », expliquait : « *Il ne faut pas exclure un effondrement total de ces quartiers, une fuite de ses habitants pauvres mais honnêtes, quelques mois de guérilla entre gangs et finalement la possibilité de raser et reconstruire des complexes haut de gamme.* »

Le département du Lot, où habituellement uniquement Cahors était parfois référencé, occupait une large place dans l'analyse du marché des résidences secondaires et villas de standing. Avec une page consacrée à ce drame sous le titre « après les émeutes de Montcuq. »

On le sait depuis : l'interview de « l'anarchiste libertaire » était une invention.

Cette « révélation », quelques mois plus tard, a naturellement enflammé uniquement des blogs peu visités, a naturellement surpris uniquement les naïfs, tout le monde comprenant qu'il est plus simple, efficace, rentable, d'effectuer un reportage en visionnant quelques documents télévisés et imaginant. Et qui plus est nettement moins dangereux : tabasser les journalistes étant déjà un défoulement fréquent.

« L'anarchiste libertaire » : « *ce n'est qu'un début,
aujourd'hui on s'attaque aux résidences secondaires des
étrangers, mais quand il n'y en aura plus, on virera les
friqués de leur château ou de leur grande bâtisse. Et
comme on est humaniste, nous, on les autorisera à vivre
dans les étables. Y'en a marre que ce soient toujours les
mêmes qui vivent dans la pauvreté pendant que d'autres
ont vingt-cinq pièces, des jacuzzis et se la coulent douce.
Il faut se réapproprier les maisons mais aussi les terres,
que chacun puisse tranquillement cultiver ses patates, son
pavot et ses tomates... Nos amis sont tombés, un jour ils
seront considérés comme des Saints, on fera tomber les
statues des militaires et on les remplacera par celles de
Stéphane. Pour lui, on se doit de continuer la lutte, tous
ensemble.* »

36

En quelques semaines, les résidences secondaires occupées furent désertées. Une seule brûlée.

Même si les journalistes avaient connu les motivations de ce double meurtre, j'en suis persuadé : l'information n'aurait pas été publiée. Les leaders de gauche s'étaient exprimés : « Tout est rentré dans l'ordre, le droit des propriétaires est de nouveau respecté... » Chacun se souvenait du temps où *La Dépêche du Midi* s'était acharnée, quand elle avait cru pouvoir enterrer un adversaire politique, Dominique Baudis.

Cette gauche avait une nouvelle analyse : « *Il ne faudrait pas, si près d'une échéance majeure, que le pays sombre de nouveau dans des psychoses et que la violence et l'immigration soient, de nouveau, les sujets de la campagne.* »

Néanmoins, elle essayait de restreindre l'audience des autoproclamés *altermondialistes* ou *humanistes*, toujours sur le créneau d'une certaine légitimité de la violence face à l'oppression ultralibérale.

38

J'avais 21 ans quand le mur de Berlin est tombé et je n'ai rien vraiment vu. Je suis sorti quelques mois plus tard du « bonheur Marjorie » et le communisme s'était désagrégé. J'étais « à côté » et avais pourtant raté un « rendez-vous historique. » Comme la lutte des « citoyens en quête de dignité » m'est passée complètement au-dessus de la tête, même si un historien pourrait m'attribuer pour quelques mots un rôle ! Mots sûrement jamais prononcés !

J'aurais pu participer, peut-être devenir une figure emblématique, un « José Bové du droit à un toit »...

Je suis passé à côté et pourtant je suis le seul à connaître la véritable histoire des « héros. »

Rendre publiques ces notes est alors un devoir : Ou un inutile exercice de vérité :

Même ce terme « vérité » pourrait m'être contesté. Aucune preuve. Et une « enquête complémentaire », d'investigation, serait nécessaire. Sur « Séverine », Stéphane, son père, les Stevenson, la prostitution à Toulouse, le torchon du midi et quelques petits notables locaux dont il conviendrait d'accentuer le rôle. Et n'oubliez pas alors d'écrire la scène de sexe.

Votre propos repose uniquement sur le témoignage d'une *prostituée* !

Troisième visite du notaire. Il a reçu « d'excellentes propositions » pour ma « propriété. »

- Je vous l'ai déjà dit, je ne suis pas vendeur.
- Vous devriez y réfléchir. C'est pour vous l'occasion de réaliser une superbe affaire. Vous seriez riche.

Il faut comprendre, c'était la troisième fois... :

- Devenir riche comme vous, pour en faire quoi : Vous en faites quoi de votre fric : Vous croyez qu'on vous dressera un cercueil en or :

Je ne suis pas venu ici pour réaliser une « excellente affaire » ; devenir riche ne m'a jamais titillé. Je suis venu ici pour vivre tranquille.

Vivre tranquille ! Simplement vivre ! Est-ce si difficile à comprendre : Est-ce inacceptable : Est-ce trop souhaiter :

Il « sollicite » d'autres propriétaires, dans une course effrénée à la commission, ou suis-je visé : Je sentais, même avant ce « clash », dans de nombreux regards, l'hostilité à ma présence. Il faut les comprendre, je ne suis même pas chasseur et ne vais jamais à leurs soirées paella...

Mon homosexualité fut sérieusement envisagée. Elle expliquerait ainsi l'absence de compagne. Mais l'homosexualité ne se cache plus à ce point et leurs yeux scrutent : ni femme ni homme.

Alors : Aux dernières nouvelles (les bonnes paroissiennes causent souvent devant des fenêtres ouvertes) je fréquenterais des prostituées. « Il part sûrement la nuit. » Naturellement, contredire leurs élucubrations n'est pas dans mes intentions ! Pauvres dévotes !

Si elles savaient ! Même bien avant de connaître le calvaire de « Séverine », je n'arrivais pas à comprendre comment un homme pouvait en arriver à payer pour obtenir une parodie de sexualité. Le sentiment d'humiliation devrait rendre impossible toute érection.

Ou alors l'absence « d'amour » les a amenés à considérer ainsi les relations humaines, une forme de combat :

Avec la hausse des prix, c'est quasi inéluctable : les « propriétés en pierres » passeront sous le contrôle des friqués, deviendront des résidences secondaires. La majorité des familles n'ont qu'une maison et plusieurs enfants ; un partage équitable nécessitera la vente. Même les enfants uniques auront des difficultés à payer les droits de succession. Bientôt, nous serons tous assujettis à l'I.S.F ! Qui pourra le payer : Un rmi permet de payer l'impôt sur la grande fortune :

Les municipalités devront revoir leur « plan d'occupation des sols », rendre constructibles de nombreuses zones.

Les « gens d'ici », ceux qui y vivront vraiment, vivront entre des parpaings et regarderont de loin les belles pierres interdites d'approche. Un petit air XVIIIe siècle.

42

Si l'enquête avait été correctement menée, je suppose qu'au moins une trace d'ADN aurait été retrouvée. Ou alors, elle l'a été, saisie dans l'ordinateur central qui crachera un jour, peut-être dans cinq ou dix ans, le nom du coupable... arrêté pour « une banale affaire de proxénétisme. » Mais même ainsi, la thèse du contrat local pourrait corroborer la version officieuse si agréable dans le canton.

La version officieuse assure la paix cantonale et une légère crainte aux « délinquants », et cela, ici comme ailleurs, est naturellement plus important que la vérité.

43

Objectivement, c'est un échec : les sociétés de gardiennage et les voisins cupides sont les grands bénéficiaires, les « riches étrangers » exhibent de nouveau leurs décapotables en été. Enviés et méprisés, arnaqués et volés à la moindre occasion. Pourtant, c'est peut-être le point de départ, la première étincelle. Raconter, au-delà du « cas Séverine », pour l'Histoire. La portée de ce témoignage sera naturellement limitée... faute d'être estampillé « consensus », ce livre numérique restera inconnu des citoyens qui pourraient se l'approprier... pourtant, lancé sur la web mer, il circulera. Il suffit d'un internaute de temps en temps...

44

Des touristes viennent photographier « la maison »,
toujours propriété des Stevenson qui ont acquis une
résidence « plus spacieuse et plus confortable », de l'autre
côté de Montcuq. A quinze kilomètres d'ici.
Miss Magie Stevenson a souvent déclaré en août (et en
anglais naturellement) : « *Il me serait impossible de
trouver le juste sommeil en sachant ce qui est arrivé à ces
pauvres enfants. Cette Séverine, si douce, si délicieuse.* »
Si l'on en croit les traducteurs. Pour moi qui sais, ces
termes semblent choisis…

45

Dans ma situation, sûrement, chez certains monterait l'envie de massacrer ces gens-là. Ils doivent chercher des corps aussi appétissants. Un effort m'est indispensable pour penser à eux. Oui, je les ignore, naturellement, tout simplement. C'est sûrement peu réjouissant pour « la nature humaine » mais nous pouvons vivre à quelques centaines de mètres comme deux espèces différentes. C'est sûrement la voie de la sagesse : ignorer plutôt qu'envier.

Je ne me sens pas la force de partir en Ukraine, essayer de sauver ta sœur. Il est peut-être préférable qu'elle phantasme sur ta réussite en Europe, ton retour triomphal proche. Naturellement, elle n'est pas à l'abri du même réseau.

Le même notable pourrait lui présenter une invitation signée de sa sœur...

Mais je ne me sens pas la force de lui raconter.

Et pourquoi aurait-elle confiance en moi :

La situation d'une rencontre me semble invivable.

Je chercherais à te retrouver en elle : Deux hypothèses alors : elle me rejette ou non.

Pourrais-je alors encore raconter : Et comment vivre avec ce secret entre nous :

Un jour j'en aurai peut-être la force. J'en doute.

Ecrire quelques paragraphes, c'est sûrement le maximum dont je sois capable. Mais sans te décrire. Chaque parcelle de ton corps... je sais que ces souvenirs tactiles vont s'évanouir, qu'il restera une seule photo, celle du torchon du midi. Les photos prises par Stéphane existent-elles :

J'ai donc fait graver le nom et le prénom que t'avaient attribué les « notables. » J'aurais été le seul, en France, à t'appeler par ton véritable prénom. C'est dérisoire. Et pourtant, c'est un peu le seul lien propre, jamais souillé par ces gens. Une consolation : Je reviendrai ce soir...

47

Je vais donc vieillir ici, « heureux propriétaire » entre gîtes ruraux et résidences secondaires. Tranquille l'hiver, encerclé l'été. Rmiste malade dès qu'une convocation arrive. Je sais maintenant qu'il me suffit de jeûner trois jours pour apeurer le docteur et obtenir tranquillisants et surtout certificat médical. Un jour ils m'accorderont peut-être une pension. Quelques centaines d'euros me suffisent. Et en respect de toi, toute compromission avec ces gens-là, avant improbable, est désormais impossible.

Le notaire se frotte les mains : les prix repartent à la hausse.

Je suis loin de partager son enthousiasme.

J'écoute les informations et j'ai la sensation d'être le seul à comprendre le monde. La vie de Séverine devient symbolique du monde.

Sûrement l'unique activité pouvant m'éviter la dépression ou la folie.

Je me sens de plus en plus étranger à ce canton, cette région, ce pays. Je n'ai aucune illusion sur l'existence d'un paradis loin d'ici. Aucune nostalgie d'un « paradis perdu » non plus. L'époque permet, malgré tout, de vivre en dehors des « obligations sociales. » Il suffit d'en payer le prix. Je sais désormais tailler les vignes : j'aurai du raisin. Et le manger constituera sûrement mon plus grand plaisir de l'année.

Ailleurs, des vignes sont arrachées. Pour maintenir des prix élevés au raisin, au vin. Cruelle erreur : quand l'eau buvable deviendra aussi rare que le pétrole, le raisin sera une alternative. Mais bon : après avoir obtenu des primes pour transformer en jachères leurs terres vinicoles, ils en obtiendront pour replanter ! Après le biocarburant viendra le raisin.

Comment participer activement à une telle société :

De toute manière, je suis entré dans l'ère du silence. Les souvenirs sont trompeurs. Forcément. Surtout d'amour contrarié, impossible, interdit. Idéalisation. Pourtant un jour le souvenir de Séverine fusionnera avec celui de Marjorie, celui de Christine, celui d'Anna, deux blondes, deux brunes. Je sais même que si je vieillis vraiment, longtemps, je ne vieillirai peut-être pas constamment seul. J'ai suffisamment lu pour savoir qu'on peut vivre autre chose, même l'amour, après de tels amours, même dans une campagne aussi déféminisée. Mais je le sais aussi : sauf « miracle », ce ne serait qu'une autre parenthèse dans une solitude fondamentale. Improbable néanmoins : peut-on encore vraiment rencontrer quelqu'un, lui déclarer « J'ai effectué un test VIH et si tu n'as eu aucune relation depuis trois mois, tu seras bien aimable d'effectuer ce même test, sinon nous patienterons de manière platonique durant cette période de latence avant d'envisager la suite » : Presque risible, totalement indicible et pourtant indispensable ! Triste époque où certains ont d'autres soucis : comme trouver un toit ce soir. D'autres imaginent des scénarios pour séduire de jeunes corps et les transformer en bétail quand ils seront tombés dans le piège. Sûrement pas par misanthropie, juste pour le fric. Trafic moins pénalisé que celui de la drogue ! D'autres veulent du pouvoir, d'autres, d'autres…
Quant à l'amitié, je n'y ai jamais cru.

Photos du Quercy

J'ai choisi de vivre dans cette région où se déroule ce roman, le Quercy. Pour son climat, sa beauté et ses prix alors abordables. Je n'avais pas 30 ans et seulement en poche le "pactole" d'un accord transactionnel. Ce fut donc une maison à restaurer !

J'aime cette région, je la photographie de plus en plus, avec régulièrement la sensation de capter l'éphémère, le voué à disparaître. La beauté s'éclipse souvent quand plus personne n'y accorde la moindre attention. Et des décennies plus tard, certains se demandent comment un tel saccage légal fut possible. Malheureusement, aucune leçon du passé ne permet d'éviter de nouvelles destructions.

67

67

Stéphane Ternoise... un peu plus d'informations

Né en 1968

http://www.ecrivain.pro essaye d'être complet, avec un "blog" (je préfère l'expression "une partie des chroniques"). Mais il ne peut naturellement pas copier coller l'ensemble des textes présentés ailleurs.

http://www.romancier.net

http://www.dramaturge.net

http://www.essayiste.net

http://www.lotois.fr

Les noms de ces sites me semblent explicites...
Le graphisme reste rudimentaire. Tant de choses à faire...

http://www.salondulivre.net le prix littéraire a lancé sa onzième édition. Une réussite d'indépendance. Mais peu visible...

L'ensemble des livres numériques ont vocation à devenir disponibles en papier et réciproquement. Il convient donc de parler de livre au sens fondamental du terme : le contenu, l'œuvre. En juillet 2013, le catalogue numérique de Stéphane Ternoise dépasse la barre naguère inimaginable de la centaine. Il est constitué de romans, pièces de théâtre, essais mais également de photos, qu'elles soient d'art (notion vague) ou documentaires (présentation de lieux, Cahors, Cajarc, Montcuq, Beauregard, Golfech...), publications pour lesquelles l'investissement en papier est impossible, sauf à recourir à l'impression à la demande.

Site officiel : http://www.ecrivain.pro

Présentation des livres essentiels :
http://www.utopie.pro

Quand les familles sans toit sont entrées dans les maisons fermées de Stéphane Ternoise

Dépôt légal à la publication au format ebook (9782916270166) du 7 mars 2011.

Imprimé par CreateSpace, An Amazon.com Company pour le compte de l'auteur-éditeur indépendant.
livrepapier.com

ISBN 978-2-36541-404-3
EAN 9782365414043